INSTITUT DE FRANCE.

---

# L'ÉCOLE DE PERCIER

PAR

M. BALTARD



Lu dans la séance publique annuelle de l'Académie des beaux-arts
du 15 novembre 1873

PARIS
TYPOGRAPHIE DE FIRMIN DIDOT FRÈRES, FILS ET Cie
IMPRIMEURS DE L'INSTITUT DE FRANCE, RUE JACOB, 56

M DCCC LXXIII

INSTITUT DE FRANCE.

# L'ÉCOLE DE PERCIER

PAR

M. BALTARD

Lu dans la séance publique annuelle de l'Académie des beaux-arts
du 15 novembre 1873

---

S'il est généralement admis que les œuvres de l'art subissent l'influence des milieux où elles se produisent, on doit reconnaître en même temps que l'élément essentiel de ces milieux se trouve dans le concours de plusieurs forces et volontés actives, constituant un corps de doctrines et représentant une école.

Cet élément, ou plutôt ce centre rayonnant, c'est le groupe des artistes d'élite, dont l'action, soit individuelle, soit collective, peut et doit, sinon former et guider le goût public, du moins empêcher qu'il se déprave.

Aussi est-ce avec justice que la postérité applaudit aux maîtres qui se sont efforcés de diriger et de maintenir leur art dans la bonne voie, celle du vrai, du juste et du beau, et qu'elle se tait, si elle ne les blâme, sur ceux qui ne l'ont que faiblement cherchée, ou qui, ayant été mis à même de la connaître, s'en sont laissé détourner.

Mais il survient des moments où le groupe des hommes de bonne volonté s'est disséminé, où le culte des beaux exemples s'est refroidi, où l'amour du nouveau à tout prix est devenu dominant. La chaîne des transmissions et des transformations régulières, en harmonie avec le sentiment de l'art et en accord avec la raison, se trouve brisée. Il n'y a plus alors de remède que dans le recours aux principes : une réforme radicale et complète devient la conséquence nécessaire d'un pareil état de choses.

Cet événement s'est produit deux fois, d'une manière saisissante, dans l'histoire des beaux-arts, et particulièrement de l'architecture, à la fin du XV^e^, puis du XVIII^e^ siècle.

On sait, en remontant aux anciennes époques, comment cet art perdit ses grâces et ses beautés grecques, pour se montrer somptueux et puissant au service des Romains du Haut-Empire ; comment, au Bas-Empire, l'architecture romaine devint l'architecture latine, byzantine et romane ; comment, vers la fin du XII^e^ siècle, le plein cintre fut remplacé par l'ogive, à laquelle se rattache tout un art, plein de hardiesse, de science et d'invention, l'art du XIII^e^ siècle.

Mais, après une certaine période, on devait voir la hardiesse n'être plus qu'audace et témérité ; la science fléchir sous les jeux de l'imagination ; l'invention dépasser les limites du possible et du vrai. La nef la plus haute, la flèche la plus élancée, fussent-elles caduques avant que d'être achevées, la sculpture la plus flamboyante, le dessin et la peinture les plus subtilisés, avaient seuls le privilége de séduire et de satisfaire le goût public.

Cependant l'excès amène nécessairement la réaction. On ne tarda pas à juger sévèrement et à réprouver un système n'ayant pour effet que d'étonner les yeux, en heurtant le bon sens et la raison. Le retour aux formes de l'antiquité, pratiqué par quelques artistes, qui, à la suite des expéditions de Louis XII et de François Ier, avaient entrevu l'art italien, fut accueilli dès lors avec une vive ardeur, une prodigieuse promptitude, et presque sans transition. Ce fut la première réforme, et de là date l'éclosion de l'art charmant de la Renaissance, art ingénieux et abondant, capricieux et bien ordonné, inspiré bien plutôt que copié de l'antique, souple et en même temps curieux des règles, traduisant Vitruve, mais s'attachant à son esprit plus encore qu'à la lettre, ne dédaignant pas enfin d'emprunter au style qu'il remplaçait quelques-unes de ses formes caractéristiques.

Après une ère brillante de près d'un siècle, l'art reprend son mouvement d'évolution. La pure Renaissance se transforme à son tour, semblant s'y résigner mélancoliquement dans la devise :

Tout se passe, rien ne dure,
Ne chose ferme, tant soit dure,

gravée sur un gracieux monument de cette époque.

Les trois siècles suivants virent l'architecture et les autres arts se montrer successivement mâles et sérieux sous Henri IV et Louis XIII, pompeux et rédondants sous Louis XIV, enfin sous la régence et dans les premiers temps du règne de Louis XV, par une excessive prétention à la grâce et à la souplesse, tomber dans la manière et l'afféterie.

Qu'on définisse le style de cette époque, soit du nom du roi, ou d'un nom de femme encore plus caractéristique, soit d'un mot familier à l'usage des ateliers, on peut dire que c'était la négation de ce qui est véridique et naturel.

Qu'il n'y ait pas eu des hommes de talent et de goût en ces temps de corruption, on ne saurait le prétendre, la France n'en a jamais manqué ; mais ils étaient de ceux qui, au lieu de lutter contre l'entraînement général, trouvaient plus facile de se soumettre à la mode ; ils l'exagéraient même, d'autant plus coupables qu'ils étaient plus capables, et qu'en possession de faire du bien ou du mal, ils ont choisi le mal ; l'exemple le plus suivi étant toujours celui qui vient d'en haut, plus on est en vue, plus est impérieux le devoir de le donner bon.

Sous Louis XVI cependant, l'art se fait plus honnête ; répudiant les fantaisies capricieuses de la phase précédente, il se montre plus correct, et souvent d'une manière heureuse, fine et délicate.

De nouveau, l'on songeait à l'art antique ; on reportait les yeux vers les sources, même les plus éloignées ; une nouvelle Renaissance se préparait. La première était issue de Rome et de l'Italie ; la seconde cherchait son berceau à Athènes et dans les régions helléniques.

David Leroy venait de publier les ruines des plus beaux monuments de la Grèce ; Delagardette, les Temples de Pæstum ; Stuart et Revett, en Angleterre, les Antiquités d'Athènes. Vers la même époque Antoine construisait la Monnaie, Louis le Théâtre-Français et le théâtre de l'Opéra, place Louvois, à Paris, et le Grand-Théâtre de Bordeaux; Gondouin, l'école de Médecine; Soufflot, l'église de Sainte-Geneviève, depuis le Panthéon. Le peintre Vien, réagissant contre Vanloo et Boucher, traitait ses sujets avec une sévérité dès longtemps méconnue. Le statuaire Houdon, en composant la belle statue drapée de Voltaire, qui décore la salle du foyer au Théâtre-Français, protestait contre le manque de goût de Pigalle, qui venait de représenter le même personnage, dans un état de nudité complète et d'excessive maigreur; à ce point que ceux qui fréquentent la bibliothèque de l'Institut ont pu prendre parfois cette œuvre pour une étude d'anatomie.

Partout on voyait apparaître les précurseurs de la révolution qui allait s'opérer dans l'art, comme elle se faisait dans les idées et dans les faits, durant les vingt dernières années du XVIIIe siècle. Elle s'accomplit enfin radicalement, trop peut-être, lorsque, dominant ce mouvement, et portés à sa tête par l'autorité de leur talent, la fermeté de leurs convictions, leur foi dans le culte de l'antiquité qu'ils avaient passionnément étudiée en Italie, deux hommes surgirent : Louis David et Charles Percier, l'un peintre, l'autre architecte.

Dans les ateliers qu'ils ouvrirent peu après leur retour en France, on vit accourir une foule d'élèves avides de leurs leçons. Si l'on disait alors de David qu'il avait pris pour types et pour modèles les œuvres de Praxitèle, de Phidias, de Raphaël et de Michel-Ange, on regardait Percier comme le descendant direct et le continuateur d'Ictinus et d'Apollodore, de Bramante et de Palladio.

Quelle que soit l'opinion qu'on ait sur de tels rapprochements, on ne peut nier du moins que ceux qui en étaient l'objet avaient tout fait pour y donner lieu. Car, l'un et l'autre, ils s'étaient avidement nourris, pendant de longues années, de toutes les beautés de l'art, qui, réunies à Rome et en Italie, ont échappé au naufrage de la civilisation antique. A quelques années de distance, on les voyait, infatigables, parcourir les églises, les palais, les musées, les ruines des temples et des forums, des théâtres et des thermes, dessinant partout et toujours, se pénétrant des œuvres qu'ils savaient admirer, cultivant leur esprit, amassant les trésors qui devaient assurer leurs pas, justifier leur sentiment, épurer leur goût, et constituant enfin les archives anticipées de la carrière qu'ils allaient parcourir.

On a ainsi de David cinq gros volumes d'études, précieuse bibliothèque dont il ne se sépara jamais; et, de Percier, huit grands atlas, remplis de dessins les mieux faits, les plus purs, les plus corrects qu'on puisse imaginer, source intarissable d'heureuses inspirations pour lui et ses successeurs.

Guidés par de tels maîtres, les élèves de David, comme ceux de Percier, devaient produire aussi plus d'un maître. Ceux-ci, comme ceux-là, à la suite de leurs chefs d'écoles, ont fait l'honneur de l'Académie des beaux-arts. Leurs noms sont inscrits dans nos fastes les plus honorés. Ce sont des peintres tels que Gros, Girodet, Gérard, Guérin, Ingres enfin, si classique à la fois et d'un caractère si indépendant, d'un style si original; des sculpteurs tels que Pajou, Roland, Chaudet, Lemot, qui, eux aussi, bien qu'indirectement, ressentaient la salutaire influence des deux grands artistes.

Je n'ai certes pas l'intention de rappeler tous ceux qui se sont distingués sous leur glorieuse direction; je ne veux que rattacher à l'enseignement de Percier les noms et les talents particuliers de plusieurs d'entre ses élèves qui, ayant eu l'honneur de devenir membres de l'Institut, représentent plus particulièrement son école. La liste en est longue; le mérite de chacun est grand et incontestable : mais l'hommage que nous leur rendrons aujourd'hui se bornera à quelques traits saillants et caractéristiques. Ce sont Debret, Huvé, Visconti, Achille Leclère, Gauthier, Caristie, Hippolyte Lebas, sans parler d'un de nos dignes et honorables confrères, l'éminent architecte de l'ancien Hôtel-de-Ville de Paris, dont les barbares, hélas! ont brûlé l'œuvre excellente, et de quelques autres encore, qui parfois nous redisent avec bonheur quelle était l'élévation, la sûreté, la bienveillance de l'enseignement de Percier.

Sa foi dans la nécessité d'un retour rigoureux aux formes de l'architecture antique était entière, et la foi de ses élèves en lui n'était pas moins absolue. La foi est le plus puissant des leviers; elle produit l'enthousiasme, mais elle peut devenir exclusive et intolérante, surtout de la part du disciple porté à renchérir sur les doctrines du maître, et, dans son zèle, entraîné jusqu'à le compromettre. Aussi, on ne peut le nier, le principe de l'école de Percier, excellent en soi, fut-il parfois exagéré dans l'application, et la pureté de certaines œuvres sorties de cette école arriva-t-elle jusqu'à la sécheresse : tant il est difficile dans les arts, où le péril d'un excès est à peine entrevu, de garder une juste mesure.

Avant d'aller plus loin, nous méconnaîtrions un des faits les plus touchants et les plus intéressants de la vie de Percier, et nous serions injustes, si nous omettions d'associer à son nom celui de Fontaine. L'union de ces deux artistes célèbres restera légendaire comme l'accouplement de tels noms inséparables que nous a transmis l'histoire. Percier et Fontaine ont doublé leurs facultés l'un par l'autre ; l'un était l'art raisonné appuyé sur la science, l'autre, la science assouplie aux grâces parfois exigeantes de l'art.

Leur liaison d'amitié, commencée dans l'atelier de Peyre le jeune, dont ils étaient tous deux les élèves, devint plus étroite encore, lorsque Percier, ayant remporté le grand prix en 1786, rejoignit Fontaine, qui, l'année précédente, avait obtenu le second prix, et était parti pour Rome avec une pension de la Maison du roi. Ils passèrent ensemble cinq ans et plus en Italie, heureux, ainsi que l'exprime Fontaine dans une lettre à un de ses amis, heureux comme le poisson dans l'eau.

De retour en France, où leur réputation les avait précédés, leur talent et leur science dans les arts du dessin et de la perspective les firent appeler à succéder à Pâris, directeur des décorations de l'Opéra, et en collaboration avec Baltard, leur ami, mon honoré père et, lui aussi, un fier dessinateur, ils firent les décors des ballets de Télémaque, du Jugement de Pâris, de Psyché.

Bientôt, par une circonstance assez singulière, ils furent nommés architectes des Tuileries et du Louvre. Lecomte, alors titulaire de cet emploi, avait été chargé de construire deux guérites pour des cavaliers à l'entrée du Carrousel; mais elles ne se trouvèrent pas au gré du premier consul Bonaparte, et conséquemment de son entourage; on doutait même de leur solidité. Un officieux vint le dire à Lecomte : — « Elles dureront toujours bien autant qu'eux, » s'écria-t-il, imprudente riposte et dont l'effet devait bientôt se faire sentir. Le maître, auquel le mot ne pouvait manquer d'être rapporté, pria David, alors en possession de sa confiance, de lui présenter un autre architecte. Percier fut proposé; mais, timide et réservé, il n'osa comparaître seul et sans être étayé de son ami Fontaine. Il voulait d'ailleurs le faire profiter de l'occasion qui s'offrait de faire un nouveau pas dans la carrière; lui, du moins, ne serait pas embarrassé de répondre avec justesse, convenance et à-propos à toute question qui pourrait leur être adressée par l'homme devant qui tout le monde déjà commençait de trembler.

Percier et Fontaine furent donc agréés, et, pendant environ environ cinquante ans, ils conservèrent leurs fonctions sous tous les pouvoirs qui se succédèrent aux Tuileries. On aurait eu de la peine à les remplacer. Une fois accrédités par une telle position dont ils étaient dignes à tous égards, le champ de leurs travaux s'étendit bien au delà. Ils restaurèrent, non sans y faire des adjonctions plus ou moins considérables, les châteaux de la Malmaison, de Saint-Cloud, de Compiègne, de Versailles, de Fontainebleau, le palais de l'Élysée, puis les résidences souveraines d'Anvers, de Mayence, de Strasbourg, de Rome, de Florence, de Venise, et d'autres encore.

Ils étaient consultés de toutes parts sur les œuvres d'architecture qui s'exécutaient en Europe.

L'arc de triomphe du Carrousel, l'ancien escalier du Musée, la fontaine de Desaix, le monument expiatoire de la rue d'Anjou, font connaître particulièrement leur style correct, la nature de leur talent et les fruits de leur collaboration.

Ils ont en outre laissé de nombreuses et importantes publications : Palais et maisons de Rome, Maisons de plaisance et Villas de Rome et de ses environs ; Recueil de décorations intérieures ; Description des cérémonies et des fêtes du couronnement et du mariage de Napoléon ; Résidences de souverains, etc.

Percier était doux et sérieux ; Fontaine, d'un caractère ferme et d'humeur assez gauloise. Malgré cette diversité de tempérament, ou peut-être à cause d'elle, leur union fut constante. Ensemble et côte à côte, cœur à cœur, ils vécurent de longues années ; la mort seule put les séparer pour quelque temps ; et tous deux ils reposent dans le même tombeau, laissant un double nom cher aux arts et à jamais honoré.

Percier, plus que Fontaine, s'occupait des élèves. En excellent maître, il comprenait que sa mission était de leur montrer comment il faut apprendre, de les nourrir des meilleurs principes, de ne mettre sous leurs yeux que des exemples irréprochables. De même, dans les classes d'humanités, on n'étudie que les auteurs de haute latinité, laissant les autres à part, et les réservant pour le temps où l'esprit plus mûr, les études étant achevées, est devenu capable de distinguer l'ivraie du bon grain, les beautés réelles des formes prétentieuses et factices. — « Cela n'est pas fait pour vous, » disait un jour Percier à un jeune homme qu'il avait surpris feuilletant à la dérobée un carton d'études d'architecture du moyen âge.

Qu'on ne croie pas cependant qu'il méconnût les mérites de cette architecture, et qu'il fût insensible aux beautés qu'elle comporte, à l'unité de vue et d'aspect qui la caractérise. Il en redoutait seulement et en blâmait l'instabilité, la complication, la caducité précoce. Il savait que, sans la main destructive des hommes, même après vingt siècles d'existence, tous les monuments élevés par les Grecs et les Romains seraient encore debout et intacts, témoin le Panthéon, le temple de la Fortune virile, le Colisée à Rome, la Maison carrée à Nîmes, et tant d'autres, tandis qu'il suffit du souffle de quatre ou cinq siècles pour mettre en péril et décomposer, à moins d'un entretien continuel et coûteux, les arcs-boutants, les voûtes élancées, les flèches, les ogives et les meneaux de nos anciennes églises.

Percier, ces réserves faites, avait l'esprit très-libéral, et, à mesure qu'un élève avançait dans ses études, il lui laissait plus large la faculté de rompre les lisières avec indépendance, d'élever son vol plus hardiment, de s'affranchir de la lettre qui, si elle ne tue pas absolument en architecture, nous enferme du moins dans un cercle étroit, et met un mur épais devant l'esprit qui vivifie.

Aussi de son école sortirent des artistes doués de talents variés, mais se ressemblant en deux points essentiels : l'habileté dans l'art du dessin, l'amour et le respect de l'antiquité.

Le premier reçu à l'Académie des beaux-arts fut Debret : il semblait avoir été prédestiné à construire des théâtres, mais malheureusement des théâtres qui n'existent plus, et dont le dernier vient de périr dans un terrible incendie : le théâtre Louvois, transformé en magasin de décors, le théâtre des Nouveautés, situé place de la Bourse, et qui a été récemment démoli pour donner passage à la rue Réaumur, enfin, l'Opéra dit provisoire, en 1821, et dont les dispositions générales et les conditions acoustiques, inspirées d'ailleurs de l'ancien théâtre de l'Opéra construit par Louis, sur l'emplacement de l'hôtel Louvois, servaient encore hier de type vivant et de modèle à plus d'une salle dont la réputation est faite ou justement présumée.

Huvé vint ensuite : mettant au service d'un talent distingué un remarquable esprit d'entente et de prudence, il obtenait sans effort, dès l'âge de vingt-quatre ans, la confiance de tous ceux qui entraient en relation avec lui. C'est ainsi qu'on le trouve, toute sa vie, à la tête des travaux les plus importants et les plus variés. Il était en même temps l'architecte du château de Saint-Ouen, qu'il érigea pour le roi Louis XVIII, du château de Compiègne et des Administrations des Postes et des Hospices. Puis, il succédait à Vignon, comme architecte de l'église de la Madeleine, dont il a fait toute la décoration intérieure, et, la même année, il était chargé de la construction du théâtre de l'Opéra-comique, aujourd'hui la salle Ventadour. Ce fut son principal titre d'admission à l'Académie, où il eut l'honneur d'occuper le fauteuil de son maître Percier, en 1839. Huvé ne mourut pas à un âge fort avancé, et cependant sa carrière a été une des plus pleines et des plus laborieuses qui se puissent rencontrer.

Visconti puisa autant dans les leçons de son maître Percier, que dans son heureux naturel, les inspirations auxquelles on doit nombre d'œuvres remarquables par leurs dispositions générales et par leur bon aspect ; telles, entre autres, la fontaine Gaillon, la fontaine Louvois, les tombeaux des maréchaux Lauriston, Gouvion Saint-Cyr, Soult et Suchet, la maison de Mlle Mars, l'hôtel Pontalba, les plans généraux de l'achèvement du Louvre, dont la mort ne lui a pas permis de développer les études et de diriger l'exécution.

Achille Leclère, zélateur passionné de son maître, cherchait à lui ressembler en tous points. Mais ce fut surtout par le grand côté qu'il y réussit en entreprenant et menant à bonne fin la restauration du Panthéon de Rome, ouvrage considérable qui tout d'abord établit sa réputation. Il était particulièrement le juste appréciateur et le prédicateur de l'importance des proportions. Et, en effet, les justes proportions, les rapports harmonieux des lignes, des grandeurs, de la couleur et de l'effet, sont le secret de la beauté de bien des choses que nous admirons souvent, sans nous en rendre compte. Achille Leclère appliqua ces principes à la restauration de plusieurs châteaux dans les départements, à la construction de quelques maisons importantes à Paris, à l'érection de divers monuments funèbres, entre autres ceux de Casimir Périer et de Cherubini. Il fut comme le continuateur de l'enseignement de Percier. Plusieurs de ses élèves obtinrent le grand prix et appliquèrent dans la pratique les traditions de sa sévère école.

Pierre Gauthier, sur la mémoire duquel pèse un douloureux souvenir, celui d'un cas de responsabilité, source pour lui de poignants chagrins et cause de sa mort, Pierre Gauthier fut d'abord un brillant élève, et, jusqu'aux dernières et funestes circonstances que nous venons de rappeler, un homme heureux... A vingt et un ans il remportait le grand prix, et sa restauration du temple de Mars Vengeur et de la basilique de Constantin lui avait fait grand honneur. Nommé architecte de l'administration des hospices, il exécuta, à ce titre, des travaux considérables à Bicêtre, à Garches, à Troyes, à Paris, où particulièrement il construisit le bel hospice de Lariboisière. Quelques années après son retour de Rome, il avait publié un intéressant ouvrage sur les plus beaux édifices de la ville de Gênes. Tant d'efforts, tant de résultats ne pouvaient n'être pas remarqués; ils lui créaient des titres à un honneur qu'il ne faisait pas mystère de vivement ambitionner, et lui ouvrirent les portes de l'Académie des beaux-arts.

Caristie représenta surtout, pendant une carrière longue et honorée, les côtés les plus sérieux de l'école d'où il était sorti, l'amour du travail, l'extrême conscience dans les recherches, la sûreté du raisonnement, la fermeté des convictions, toutes qualités qu'il appliqua à ses savantes études de la restitution du temple de Sérapis à Pouzzoles, puis, en pratique, à la restauration de l'Arc d'Orange, à l'érection du monument de Quiberon, à diverses publications, et notamment à celle du plan et des coupes d'une partie du Forum romain et des monuments de la Voie sacrée.

Enfin, Hippolyte Lebas, dès le commencement de ses

études n'avait d'autre pensée que d'aller saluer la terre sacrée des beaux-arts. Il y fit un premier pèlerinage en 1804. Deux ans après, il y retourna, trouvant heureuse l'occasion et la saisissant avec ardeur, de faire le voyage aux frais du gouvernement, même comme soldat dans le corps des guides du prince Murat. Il témoigna enfin une troisième fois, en 1811, à sa chère Italie, la constance de son culte, la sincérité de son hommage. C'était une passion, passion heureuse, de celles qu'on ne quitte jamais, dont on n'est jamais quitté, et qu'il savait infuser à ses nombreux élèves, dont les noms, sous le double patronage de Vaudoyer et Lebas, brillèrent, pendant de longues années, aux premiers rangs, dans les palmarès de l'Académie et de l'École des beaux-arts. En même temps qu'avec son ami et digne confrère Vaudoyer, Lebas dirigeait un nombreux et vivace atelier, il élevait l'église Notre-Dame-de-Lorette, s'inspirant, pour la décoration intérieure, des belles basiliques romaines ; il construisait la prison des jeunes détenus, les salles des réunions hebdomadaires de l'Institut, professait le cours d'histoire de l'architecture à l'École des beaux-arts, travaillait avec Debret à une édition des œuvres de Vignole ; et, en toute circonstance, il portait les lumières de son esprit simple, net, concluant, et particulièrement apte à mettre à profit l'expérience de la vie et à en faire profiter les autres. Lebas se présente à nos souvenirs comme une noble figure, qui domine encore et régnera longtemps parmi nous, par l'autorité de ses exemples et son attachement pratique à sa devise, qu'il se plaisait à répéter : « Fais ce que dois, advienne que pourra.»

Si je n'avais à craindre de lasser une patience dont j'ai déjà trop abusé, et de devancer ou de répéter les hommages dus aux artistes, seconds descendants des écoles de Percier ou de David, dont quelques-uns sont assis parmi nous, et dont plusieurs nous ont quittés naguère, je dirais comment cette deuxième génération, dérivant de la même source, a imprimé à l'art une impulsion heureuse et nouvelle, comment, sans moins respecter les formes de l'art antique, elle semble en avoir pénétré plus profondément l'esprit et les intentions.

Mais je m'arrête : leurs noms, comme leurs œuvres, sont présents à la pensée de tous.

Quels plus beaux exemples, quels plus grands encouragements peut-on mettre sous les yeux des jeunes artistes, qui, entrant dans la carrière et réunis aujourd'hui pour recevoir leurs couronnes, peuvent aspirer un jour à l'honneur de les décerner?

La condition fondamentale n'a pas changé : qu'on soit peintre, sculpteur, architecte, graveur ou musicien, c'est le travail. Mais avec les progrès que la science, l'histoire et l'archéologie ont fait faire aux beaux-arts, on doit tendre aujourd'hui, mieux encore qu'autrefois, à sonder au-delà des superficies, à ne pas se contenter des à-peu-près, à se montrer en même temps homme de goût et homme de science, et, au milieu des élans de l'imagination, à se régler par l'étude raisonnée des effets et des causes. Il faut vouloir sortir de la ligne ordinaire, créer des œuvres durables, et pour cela être tout à sa chose, *age quod agis*, n'être rien qu'à sa chose. Poussin, à qui l'on demandait quel était le secret de la beauté de ses compositions, répondait : « Je ne sais, mais j'y pense toujours, et je ne néglige aucun détail. »

Ainsi faisaient les artistes dont nous venons d'évoquer le souvenir, et ceux de l'antiquité et de la renaissance qui leur ont servi de modèles.

Percier était de la race de ces anciens maîtres. Comme eux, il voulait tout savoir de ce qui, de près ou de loin, se rapportait à son art, et, d'autre part, il consentait à ignorer ce qu'il n'avait pas à savoir ; vertu plus difficile à pratiquer qu'on ne pense, et aujourd'hui plus que jamais, dans ce temps où tout le monde parle de toutes choses, et où l'on serait presque honteux de se taire même sur ce que l'on sait le moins. La politique, la chronique, le théâtre, le roman du jour, toutes ces questions renouvelées et comme imposées chaque matin par une presse intarissable, ne permettent plus à personne de s'affranchir de pareilles incitations et de vivre entièrement pour l'art auquel on s'est voué, et de l'aimer par-dessus tout.

Ce n'est pas que nous voulions dire qu'un artiste doive se désintéresser des devoirs généraux de la vie. Non! il en est de sacrés auxquels il ne saurait faillir.

Mais, ces devoirs accomplis, combien son rôle est beau, s'il veut se faire véritablement un homme d'art et d'étude, s'il cherche à se rendre capable de produire des œuvres qui deviennent la gloire de son temps, de son pays, et qui soient aussi la sienne! Il le fera, s'il le sait vouloir, s'il cultive assidûment le germe que ses premiers efforts ont fait naître, que ses premiers succès ont développé, et dont les premiers fruits sont ceux que nous venons proclamer aujourd'hui.

Marchez donc avec une nouvelle ardeur, heureux jeunes gens, vous qui avez conquis une des plus belles récompenses que puisse ambitionner un artiste, au début de sa carrière; partez pour un heureux exil; ayez devant les yeux ceux dont nous venons de vous rappeler les noms et les travaux. Et vous, leurs courageux émules, vous qui n'avez fait encore qu'entrevoir la route fortunée, prenez courage, travaillez, et nous vous verrons, comme eux, conquérir un jour le privilége de passer quelques bonnes et fructueuses années de votre vie, sans autre souci que celui de l'étude, sous un beau ciel, devant d'admirables monuments, dans les musées, dans les bibliothèques, à la villa Médicis enfin, pour revenir ensuite dans votre pays avec honneur, répondant à sa libéralité en vous montrant dignes de ses applaudissements.

Nos vœux, auxquels s'associent tous ceux qui s'intéressent aux œuvres créées par le talent et l'imagination, nos vœux, que partage surtout l'assemblée sympathique qui s'empresse dans cette enceinte, accompagnent dès longtemps les jeunes vainqueurs de nos concours nationaux des grands prix.

Notre ferme espérance est de les voir continuer de marcher droit et ferme dans la voie sérieuse où ils se sont noblement engagés, et contribuer, d'année en année, pour une large part, à conserver à notre chère patrie le rang élevé qu'elle occupe dans les arts, de manière qu'on puisse, longtemps encore, et chaque jour à plus juste titre, en se trouvant en présence d'une œuvre de raison et de goût, reconnaître et proclamer l'École française.

---

Paris. — Typ. de Firmin Didot frères, impr. de l'Institut, rue Jacob, 56.

www.ingramcontent.com/pod-product-compliance
Lightning Source LLC
LaVergne TN
LVHW052031160826
845678LV00003B/1280

* 9 7 8 2 3 2 9 6 3 5 6 0 6 *